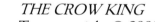

بادشاہ کوّا

کوریا کی ایک لوک کہانی

The Crow King

A Korean Folk Story

by Lee Joo-Hye
Illustrated by Han Byung-Ho
Retold in English by Enebor Attard

Urdu translation by Qamar Zamani

بہت زمانہ گزرا، کوّوں کی سرزمین پر ایک بادشاہ کوّا تھا جو بہت دبدبے کے ساتھ حکومت کرتا تھا۔

وہ اپنی مرضی سے جس کو چاہتا اُٹھا لیتا اور اُس کے سامنے کسی کو بولنے کی ہمّت نہیں تھی۔

ایک دن ایک مرد اور ایک عورت اپنے گھر جا رہے تھے کہ کوّا وہاں آ پہنچا۔

ایک زبردست جھپٹ کے ساتھ اُس نے عورت کو جکڑ لیا اور اُڑتا ہوا اُن اُونچے
اور ڈھلوانی پہاڑوں پر پہنچ گیا جہاں آج تک کوئی نہیں گیا تھا۔

A long time ago, in the land of the crows, there lived a king who ruled with terror.
He would take anyone he liked and no-one could stop him.
One day, a man and woman were going home when the Crow King came.
In one giant swoop he grabbed the woman and flew away to the steep and
lofty peaks where no human had ever been.

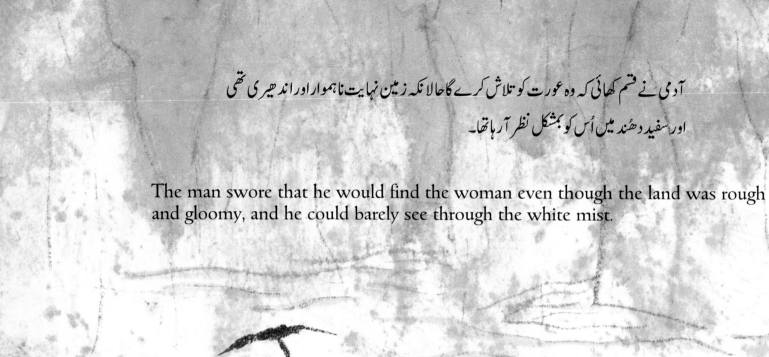

آدمی نے قسم کھائی کہ وہ عورت کو تلاش کرے گا حالانکہ زمین نہایت ناہموار اور اندھیری تھی

اور سفید دھُند میں اُس کو بمشکل نظر آ رہا تھا۔

The man swore that he would find the woman even though the land was rough and gloomy, and he could barely see through the white mist.

وہ اُوپر ہی اُوپر چڑھتا چلا گیا یہاں تک کہ وہ جھونپڑی تک پہنچ گیا جہاں ایک راہبہ رہتی تھی۔

"آگے مت جانا۔" اُس نے خبردار کیا۔ "تم سے پہلے بہت لوگ کوشش کر چکے ہیں۔"

آدمی نے کہا کہ وہ بالکل خوفزدہ نہیں ہے کیونکہ اُس کی محبت سچّی تھی۔

"نوجوان، تمہیں بہادر اور مضبوط بننے کے لئے ہمّت سے کام لینا ہوگا۔" راہبہ نے کہا۔

"تمہیں اُس کو تلاش کرنے کے لئے بارہ دروازے کھولنا ہونگے اور ہر دروازے پر کوّے تمہیں مارنے کے لئے منتظر ہونگے! بس ایک بات یاد رکھنا کہ کچھ بھی ہو بدی کا ایک روز خاتمہ ضرور ہوتا ہے۔" پھر وہ اپنی جھونپڑی سے چاول کی ٹکیاں لے کر آئی اور بولی "یہ لو، اُس سے تم کوّوں کا دھیان بٹا سکو گے۔"

He climbed higher and higher until he came to a hut where a hermit lived.
"Go no further," she warned. "Many have tried before you."
The man said he was not frightened, for his love was true.
"Young man, you will need courage to be strong," the hermit said. "Twelve doors must you open to find her and at each door the crows watch, waiting to kill you! Remember, no matter what happens, even evil has an end." Then, bringing some rice cakes from her hut, she said, "Here, take these to trick the crows."

ہوا اور زور سے چلنے لگی اور بارش کی بوچھاڑ اور تیز ہوگئی۔ اتنا اندھیرا تھا کہ آدمی کو محسوس ہوا جیسے آسمان نیچے گر پڑا ہے۔
آہستہ آہستہ قدم بڑھاتا آدمی چڑھتا رہا یہاں تک کہ وہ بارہ دروازوں کے قلعے تک پہنچ گیا۔ ہر طرف کوّے ہی کوّے تھے۔
اُڑتے ہوئے، چونچ مارتے ہوئے، چیختے ہوئے، نظر رکھتے ہوئے۔ یہ دیکھتے ہوئے کہ یہ بیوقوف آدمی آگے آنے
والے خطروں کو نظر انداز کر رہا ہے۔

The winds blew wilder, the rain fell harder. It was so dark that the man thought the sky had fallen down. Step by step the man climbed until he saw the fortress of a dozen doors with crows everywhere - flying, pecking, screeching, watching - watching this foolish man ignore the danger ahead.

پہلے دروازے پر آدمی نے کوّوں کو چاول کی ٹکیہ دکھائی اور پھر اُس کو دُور پھینک دیا۔
چڑیوں نے آدمی کی پرواہ نہیں کی اور سیدھی چاول کی ٹکیہ کی طرف لپکیں۔
آدمی آہستہ سے دوسرے دروازے تک پہنچ گیا۔ اُس نے ہر دفعہ یہی ترکیب آزمائی
اور ہر دفعہ کوّوں نے نظر انداز کر دیا۔

At the first door the man showed the crows one rice cake and flung it far away.
The birds ignored him and rushed to the cake while the man quietly slipped through to the
second door. He did this over and over again and each time the crows ignored him.

بار ہواں دروازہ کھولنے پر آدمی کو ایک مکان نظر آیا جو جھیل کے درمیان بنا ہوا تھا۔
اُس نے عورت کو آواز دی جو بھاگتی ہوئی آئی اور خوشی کے باعث اُس کے گلے سے لگ گئی۔

"جلدی کرو" وہ بولی "بادشاہ کوّا بہت جلدی واپس آنے والا ہے۔"

Opening the twelfth door the man saw a house in the middle of a lake.
He called to the woman who rushed out and hugged him with joy.
"Hurry," she said, "the monster Crow King will be back very soon."

اندر ایک بہت بڑی تلوار تھی جس کا دستہ اژدھے کی طرح تھا۔ جوتوں کا ایک جوڑا بھی تھا۔

"جلدی کرو" وہ بولی "یہ چیزیں اُسی شیطان کی ہیں۔ تُم اُن پر قبضہ کر لو۔"

لیکن تلوار بہت وزنی تھی اور جوتے بے حد بڑے تھے۔

جھیل کے پانی سے ایک جگ بھرتے ہوئے عورت چلّائی۔ "یہ طاقت دینے والا پانی پی لو۔

اِس سے تمہاری ہمّت بڑھے گی۔"

Inside was a huge sword with a dragon handle and a pair of shoes.
"Quick," she said, "these belong to the monster and you must take them."
But the sword was too heavy and the shoes were too big.
Filling a jug with water from the lake, the woman cried, "Drink this tonic,
it will give you courage."

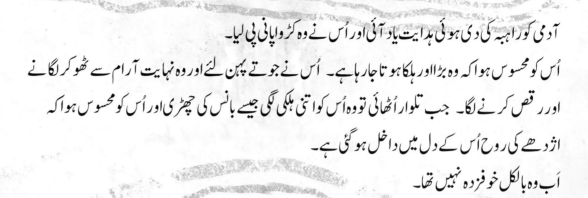

آدمی کو راہبہ کی دی ہوئی ہدایت یاد آئی اور اُس نے وہ کڑوا پانی پی لیا۔

اُس کو محسوس ہوا کہ وہ بڑا اور ہلکا ہوتا جا رہا ہے۔ اُس نے جوتے پہن لئے اور وہ نہایت آرام سے ٹھوکر لگانے

اور رقص کرنے لگا۔ جب تلوار اُٹھائی تو وہ اُس کو اتنی ہلکی لگی جیسے بانس کی چھڑی اور اُس کو محسوس ہوا کہ

اژدھے کی روح اُس کے دل میں داخل ہو گئی ہے۔

اب وہ بالکل خوفزدہ نہیں تھا۔

The man recalled what the hermit said and drank the bitter liquid.
He could feel himself growing bigger and lighter. He put on the shoes
and his feet danced and kicked with ease. The sword he lifted was
as light as a bamboo branch and he felt the spirit of the dragon
enter his heart.
He was not afraid.

کچھ دیر کے بعد وہ پہنچ گئے۔ پہلے بادشاہ کوّا اور اُس کے پیچھے اُس کے تابعدار کوّے، چیختے اور تھوکتے ہوئے۔

They came a moment later. First the Crow King, then his follower crows, shrieking and spitting.

”اچھاتو تم سمجھتے ہو تم مجھے ہلاک کر سکتے ہو، ہے نا؟“ بادشاہ کوّا بولا جس کی آنکھیں غصّے سے دہک رہی تھیں۔

”تم تو بہت ہی چھوٹے اور کمزور ہو، میں اپنا وقت تُم پر برباد نہیں کروں گا۔“ اپنے غلاموں کی طرف مُڑ کر اُس نے کہا

”کوّو۔ اِس کو مار ڈالو۔“

"So, you think you can kill me, do you?" said the Crow King, his eyes wild with anger.
"You are too small and weak to bother with." Turning to his followers, he said,
"Crows, kill him."

سپاہی کوّے آدمی کی طرف پُھدکتے ہوئے بڑھے جس نے اپنی تلوار بہادری کے ساتھ ایک زناٹے سے نکالی۔

The warrior crows hopped towards the man who swished his sword bravely.

پھر وہ یہ دیکھ کر حیران رہ گئے کہ آدمی ایک اژدھے کی طرح لڑ رہا ہے اور سب کو بے رحمی سے قتل کر تا جا رہا ہے۔
یہاں تک کہ ۔۔۔

Then to their astonishment the man fought like a demon,
killing them without mercy, until...

بادشاہ کوّا ایک نیزے کے ساتھ اُس پر حملہ آور ہوا۔ آدمی نے اُچھل کر حملہ روکنے کی کوشش کی۔

the Crow King charged at him with a lance. The man leapt to block the charge.

اُس نے بادشاہ کوّے کا بایاں بازو کاٹ ڈالا، اور پھر دایاں بازو بھی۔
لیکن اُس کی حیرت کی انتہا نہ رہی جب وہ فوراً دوبارہ نکل آئے۔

He cut off the Crow King's left arm, then his right arm.
But to his amazement they grew back immediately.

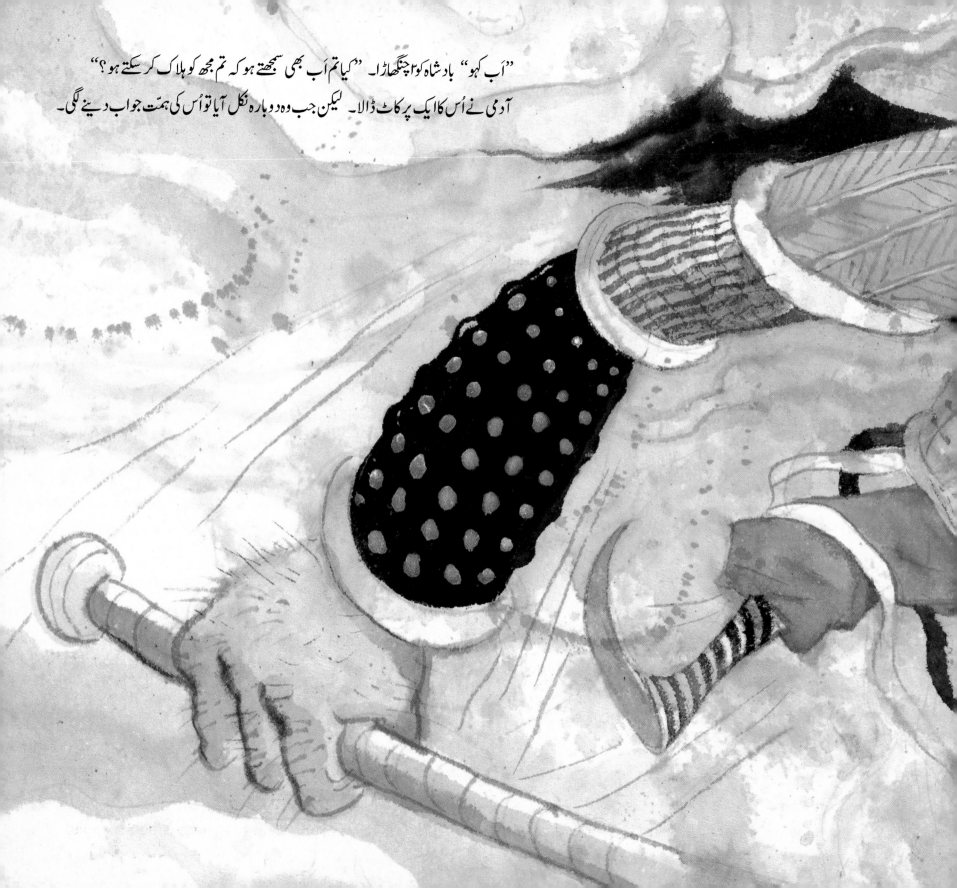

"اب کہو" بادشاہ کو تا چنگھاڑا۔ "کیا تم اَب بھی سمجھتے ہو کہ تم مجھ کو ہلاک کر سکتے ہو؟"
آدمی نے اُس کا ایک پر کاٹ ڈالا۔ لیکن جب وہ دوبارہ نکل آیا تو اُس کی ہمّت جواب دینے لگی۔

"So," bellowed the Crow King, "do you still think you can kill me?"
The man chopped off a wing but when it grew back again his courage began to fade.

"His head," shouted the woman, quickly gathering a basket of ash. "No new head can be so evil." And with a final swipe the man chopped off the Crow King's head. The other crows stopped clawing, they stopped shrieking. For once there was silence everywhere.

The man and woman gathered the sword and shoes. They filled the jug with more water and left the kingdom of crows, praying that a new gentler king would be found.

''اُس کا سَر'' عورت چیخی اور جلدی سے ایک ٹوکری میں راکھ بھرنے لگی۔
''کوئی دوسرا سَر اتنا ذلیل نہیں ہو سکتا۔''

اور آخری ضرب کے ساتھ آدمی نے بادشاہ کوّے کا سَر تن سے جُدا کر دیا۔ دوسرے کوؤں نے نوچنا کھسوٹنا بند کر دیا۔
اُنہوں نے چیخنا چلانا بھی بند کر دیا۔
پہلی بار بالکل خاموشی چھا گئی۔

آدمی اور عورت نے تلوار اور جوتے ہاتھوں میں اُٹھا لئے۔ اُنہوں نے جگ کو جھیل کے پانی سے بھر لیا اور کوّوں کی سرزمین سے باہر نکل گئے۔ اُن کی دعا تھی کہ آئندہ جو بادشاہ ہو وہ نرم مزاج ہو۔